악몽을 수집하는 아이

창비
청소년
시선
39

악몽을 수집하는 아이

임수현 시집

창비

차
례

제1부

난 왜
잘 깨는 거야

제2부

악몽을 모으는 중이야

제3부

나의 드림캐처

제4부

「별책 부록」: 그때도 있고 지금도 있는 아이

제1부
난 왜
잘 깨는 거야

기말고사

애들은 시험지를 내는데
나는 한 문제도 못 풀었다
앞자리 주연이의 시험지를 훔쳐보다 들켰다
김민서, 시험지 내놔!
선생님이 내 시험지를 쫙쫙 찢었다

꿈이었다

아직 시험을 치지 않았다는 안도감에
책상에 앉았는데
아까하고 똑같은 상황이 펼쳐졌다
애들은 시험지를 내고
나는 커닝을 하다 들키고
시험지가 찢기고

눈을 비벼도 계속 꿈이었다

천사 피아노

피아노 학원 다닐 때
건반을 잘못 짚으면
선생님은 삼십 센티 자로
손등을 때렸다

어떤 날은 나 대신
검은 건반이 맞았다
결국 나는 바이엘도 다 못 끝내고
학원을 그만뒀다

피아노 학원 앞을 지날 때면
뼈만 남은 손가락 유령이 피아노 속에 숨었다가
캄캄한 밤 기어 나와
피아노 뚜껑을 열어 놓고
파#만 계속 누를 것 같다

잠자는 금붕어

죽었나 봐!
금붕어가 지느러미를 나란히 펼친 채 누워 있다

옆구리를 쿡쿡 건드리니
퍼드덕 살아나는 것도 아닌데
화들짝 놀란다

지수는 나무 밑에 묻어 주자 하고
민지는 다음에는 어항 말고 바다에서 살아 한다

죽는 건 참 편안한 자세를 갖는 거구나
어항도 무덤이 되는구나!

자다가 죽으면 좋겠다던 할머니는 정말
저녁 잘 드시고 돌아가셨는데

벌떡 깨어나 지느러미를 흔들며
어항 속을 헤엄칠 것 같다

내가 늦잠 자다가 후다닥 일어나
학교 갈 때처럼

암탉을 잡으려다

오늘은 복날
겁 많은 아빠가
뒤뜰에 놓아기르던 암탉을 붙잡았다

아빠는 부들부들 떨며 닭 날개를 잡고
푸드덕거리는 닭의 모가지를 칼로 내리쳤다
칼이 빗나가는 바람에 모가지가 반쯤 꺾인 채
맨드라미 사이로 암탉이 도망쳤다
나는 꺅꺅! 비명을 지르며 마루로 뛰어올랐고
아빠는 민서야 잡아 잡아! 소리쳤다

그날 밤 모가지가 덜렁거리는 닭이
내 꿈속으로 뛰어 들어왔다
이불 위에 흙 발자국을 찍으며 꼬꼬댁꼬꼬댁
덜렁거리는 모가지로 나를 쪼았다
꿈인 줄 알겠는데도 눈물이 났다

암탉을 꼭 껴안고 덜렁거리는

모가지를 붙이려고 목공 본드를 찾았다

수호천사

문을 열면 또 문이 있었다
문이 계속 열렸다 마지막 문을 열자
돌아가신 할머니가 문 앞에 서 있었다

반가워 할머니한테 달려가는데
할머니 뒤 큰 바위에
조그만 뱀들이 우글거렸다
나는 할머니 뱀 뱀! 소리쳤다
저리 가거라 저리 가
할머니는 발로 뱀 대가리를 콱콱 밟았다
밟아도 밟아도 뱀은 대가리를 꼿꼿이 세우고
할머니는 긴 지팡이로
뱀이 문밖으로 못 나오게 막고 있었다

할머니 등에 구멍이 숭숭 뚫려
희고 흰 빛이 쏟아지고 있었다

절교

흔들다리 밑으로 세차게 물이 흐르고 있었다
먼저 건넌 애들이 흔들다리를 발로 쿵쿵 굴리고
반대편 숲으로 가 버렸다

너도 할 수 있어 빨리 건너
수영이만 혼자 남아 나를 기다렸다
난간을 잡고 비틀거리며 건너는데
거의 다 건널 때쯤

뚝! 다리가 끊어졌다

수영이도 강물에 떨어졌다
괜찮니? 괜찮니? 물었는데 대답도 없이
나를 물속에 남겨 두고 바위 위로 올라갔다

그 꿈을 꾸고 난 뒤부터 수영이와
사이가 멀어졌다

홀수

민지와 수영이 그리고 나

의자는 둘인데
노래를 부르며 빙글빙글 돌다가
그만! 소리치면
후다닥 달려가 앉는 게임처럼

우리가 셋인 것도 잊고
의자가 둘인
수학여행 버스를 탔다

고흐의 그림 「아를의 반 고흐의 방」을 보면
의자도 둘 베개도 둘 창문도 두 짝인데

나 혼자 앉으면 어쩌지 걱정하느라
진짜 봐야 하는 걸 놓치기도 했다

하나는 늘 손에서 따로 노는 저글링처럼

있는 듯 없는 듯 흔들리는 버스 안에서

한참을 혼자였다

걔들은 '우리'인 거고 난 그냥 '너'였던 거

우리는 유령이 되었지
유령이 되기는 아주 쉬웠어
선생님도 부모님도 한때 유령이었대
그래서 우리가 유령인 건
당연한 거래

유령이 되려면 두 가지 규칙만 잘 지키면 돼
무리 지어 다닐 것
절대 거울을 보지 말 것

우리 안에만 있으면
우리가 될 수 있어
우리 밖으로 나가면
수군수군 내 약점을 말하겠지
우리 밖에서는 '너'가 되겠지

유령으로 지내는 동안
나는 거울을 보지 않았어

어차피 나는 거기 없었으니까

우리가 방방이라고 부르는

왜 방방이라고 부르는지 모르겠지만
오백 원짜리 동전 한 개면 됐다
천장을 뚫고 우주 밖으로

발을 세게 굴렀다 구르는 만큼
통통 튕겨 주는 게 좋았다

문제가 '높이'를 구하는 게 아니라
'거리'를 구하는 거면 더 좋겠지만

초원의 얼룩말
물소의 다리
야자수 사이로 부는 바람
자유를 향해 열린 지평선

노트 가득 이런 말들을 적으면
나도 어딘가로 뛰어오를 수 있을 것 같았다

벗어나지 마라
벗어나면 떨어진다
떨어지면 낙오자가 되는 거야
어른들은 쉽게 말하지만

트램펄린 위에서
높이높이 뛰고 뛰어
지평선 너머로 가고 싶었다

개구리가 진짜 저주를 푸는 법

눈을 떠 보니
내가 왕자로 변해 있네
예전에 입었던 망토
황금 왕관과 칼
이제 다시 궁궐로 돌아가
긴 테이블 끝에 앉아
잘 차려진 음식을 오물거려야 하는 거야?
교양을 쌓고 왈츠 연습을 해야 하는 거야?

개구리로 이곳저곳 뛰어다닐 때가 좋았는데
배는 고팠지만 말이야
혀를 길게 내밀고 날아다니는 잠자리를 잡아챌 때
두근거리는 심장, 비가 오면 연못가로 떨어지는 빗소리
마음껏 개굴개굴하던 개구리로
나 돌아갈래!
두 팔을 펴고 크게 소리쳤다

다시는 왕자로 돌아가기 싫다

뒷다리를 쭉 뻗고 깊고 깊은 연못 속으로
풍덩!

보건실 창가

가위눌린다고 피하는 자리였다
그날따라 애들이 자리를 다 차지해 어쩔 수 없이
보건실 창가 침대에 누워 깜박
잠이 들었다 깼는데
내가 나를 내려다보고 있었다
어, 저건 난데…
그럼 서 있는 나는 누구지?
침대에 누워 있는 나는
서서 나를 바라보는 나와 눈이 딱 마주쳤다
나는 더 자라고
이불을 끌어당겨 그 애를 덮어 주었다
그 애가 나인지
내가 그 애인지…
창밖에서 햇살이 긴 팔을 뻗어
내 배를 살살 만져 주었다
아프던 배가 잠잠해졌다

0교시

껌벅껌벅
잠이 눈꺼풀에 매달렸다
히터가 고장 나 오들오들 떨며
맨 뒷자리에 서서 수업을 듣는데
수학 선생님 어깨에 아기가 달라붙어 있었다
몇 번이고 눈을 비벼도
아기가 나를 빤히 쳐다보며 혀를 쏙 내밀었다

서, 선생님 저기 어, 어깨에
입이 떨어지지 않아 말도 잘 못 하고

친구들은 손가락에 침을 묻혀
문제집을 넘기고 있었다
내 눈꺼풀 위 대롱거리던 잠이 뚝 떨어지고
히터가 윙 하고 돌아갔다

껌벅껌벅
형광등 불빛이 깜박였다

시험 전날

가빈이는 주말이라 집에 가고
기숙사에 혼자 있던 밤
자다가 돌아본 침대 옆
긴 머리 여자애가 누워서
나를 빤히 쳐다보고 있었다
자세히 보니 전교 일 등 권예슬
눈 감으면 아무것도 안 보일 테지
눈을 질끈 감았다
권예슬은 내 눈꺼풀을 열고
내일 시험 잘 치게 도와줄 테니
자기랑 놀자고 했다
그 말을 철석같이 믿고
밤새 둘이서 놀이동산도 가고 동전 노래방도 갔다
다 틀렸네 다 틀렸어!
권예슬은 내 문제집에 붉은 밑줄을 죽죽 그으면서
계속 자라고 걱정하지 말라고 했다

괜찮다고 말해 줘

엄마… 언니가… 언니가…
언니가 왜? 엄마는 나를 보지도 않고 토스트를 굽는다
엄마… 언니가… 언니가… 사고가 나서… 다리가…
씻고 어서 밥 먹어! 학교 가야지
엄마… 언니가… 다리가 없어졌어…
알았으니까 어서 머리 감고 와
언니는… 언니 어디 갔어?
벌써 학교 갔지
엄마… 그런데… 엄마는 왜 안 놀라?
괜찮아 꿈이잖아 꿈인데 뭘 놀라
무서웠어 진짜 무서웠다고
그런데 넌 뭘 했는데? 엄마가 물었다
난 이어폰으로 노래를 듣고 있었지
그럼 됐어
엄마는 까맣게 탄 토스트에
딸기잼을 바르고 또 발랐다

이상한 운동회

이상도 하지
꿈을 꾸면 초등학교 운동장이야
운동회가 한창인데
이번엔 내 차례인가 봐
바닥에 뿌려진 쪽지 하나를 주워서
적힌 이름을 부르며 달려야 해
불러도 불러도 아빠가 달려 나오지 않는 거야
아무나 잡고 뛰라고 선생님이 소리쳤어
누구인지 모르는 사람 손을 잡고 달렸지
그 사람은 육상 선수처럼 달리고
난 질질 끌려가
한참 달린 것 같은데 제자리였어

이상도 하지
같은 장면을 여러 번 꾼 적 있어
마치 계주 경기처럼
그날은 머리를 썼어
다른 애들이 다 줍고 난 뒤 남는 것을 주워야겠다고

이번에는 교장 선생님이랑 달려야 했어
큰 소리로 외쳤지
교장 선생님 어디 계세요
그때 느닷없이 코뿔소가 운동장으로 뛰어들었어
만국기는 바닥으로 나뒹굴고 사람들은 줄행랑치고
코뿔소는 자기가 교장 선생님이라는데
믿을 수가 없잖아
믿지 못하니까 어쩔 수 없네
코뿔소는 뒷짐을 지고 교무실로 들어갔어
나는 이번에도 결승선에 못 들어왔어

폭죽놀이

핸드폰을 보며 걷고 있었다

검은 차가 다가와 문이 열리더니
돌아가신 할아버지가 반갑게 손을 흔들었다

집까지 데려다주마
할아버지는 손을 꼭 잡고 나를 차에 태웠다

집에 데려다준다던 할아버지는
예전에 함께 갔던 바닷가로 나를 데려갔다

갯바위 위에서 할아버지가 폭죽을 팡팡 쏘았고
나는 신나서 와와 소리쳤다

그날 밤 덤프트럭이 인도로 돌진해 가로등이 넘어지고
핸드폰을 보며 걸어가던 학생이 크게 다쳤다는 뉴스

꿈에서 깨고 나니 심장이 덜덜 떨렸다

옷에서 폭죽 냄새가 났다

제2부

악몽을 모으는 중이야

지신 강림

귀신이 옷장 뒤에서
머리카락을 늘어뜨리고 한겨울인데도 반팔을 입고 있다
나만 보면 후다닥 숨는다

한번은 샤워 커튼 뒤에 쪼그리고 앉아 있다가
내가 돌아보자 후다닥 사라졌다

어쩌다 우리 집에 살게 되었는지
너 말고 다른 애는 없는지
주로 뭐 하는지
궁금한 게 많다

짝 없는 양말
사라진 블루투스 이어폰 한 짝
도저히 못 찾겠는 새로 산 머리끈

엄마 말처럼 귀신이 곡할 노릇이네
설마 네가 가져간 건 아닌지

묻고 싶은 게 많다

그러니까 우리 한번 보자!

친구가 되어 줄게

뭐야 뾰족한 손톱도
찢어진 입도 치렁치렁한 머리카락도
아무것도 없잖아
말캉말캉 슬라임처럼 흐느적거리네

발바닥을 살살 간지럽히고
이름을 불러 주면 친구도 될 수 있겠다

책상 어지럽히지 말고
내 옷 입고 돌아다니지 말고
엄마한테 들키면
방마다 소금을 뿌릴지 몰라

신발장이나 장롱 위에 올라가지 말고
싱크대나 세탁기 안은 위험해
책상 밑에 얌전히 있어

아무도 없는 날 널 부를게

이어폰을 하나씩 꽂고

내가 좋아하는 노래를 들려줄게

귀신은 발목을 가져다 뭘 할까

할머니가 그러시는데
이불 밖으로 발이 나가면
귀신이 발목을 잡아끌고 간다는 거야

그때부터 옆으로 누워 무릎을 끌어안고 자
이불에 돌돌 말린 내 모습
애벌레 같아

어젯밤 꿈도
애벌레처럼 돌돌 말려 있어

귀신은 발목을 가져다
이 발목 저 발목 자기 발에 대보고
하나 둘 하나 둘 혼자 걸어 보는 것일까

발목만 수북이 쌓아 놓고 이불을 덮어 주려는 것일까

민지야 그거 아니?

자는 모습을 보면 그 사람을 알 수 있대
넌 어떤 자세로 자?
손깍지 끼고 기도하는 자세?
아님 통나무 자세? 그것도 아님 자유 낙하 자세?
발목 조심하고
잘 자!

멍때리기

한강 고수부지에서 멍때리기 대회가 열린다
돗자리 하나 깔고
눈만 껌벅껌벅
잘하는 게 하나 없는 나도 자신 있다

창밖을 멍하니 보는데
가로등 전깃줄을 타고
고릴라가 휙휙
버스 위에는 좀비 떼가 달라붙어 있다

펼쳐 놓은 책을 선생님이 손가락으로 톡톡
뭐 하니? 물으셨다
선생님 제가 곧 대회에 나갈 거거든요
무슨 대회?
멍때리기 대회요
그런데 자꾸 딴생각이 나요
김민서 쓸데없는 생각 그만하고
다음 페이지 넘겨

넵! 선생님

그러고는 다시 멍

내가 쓰는 책

도장 깨기라는 말 알지?
도장마다 고수가 있는데 한판 붙는 거야
차곡차곡 스펙을 쌓는 거지
그래서 뭐 하는데
일단 더 들어 봐!
대나무 잡고 휙휙 날고
발차기 한 번에 추풍낙엽
거짓말 조금 보태서 10 대 1로 싸우는 거야

베트남 요리에 많이 넣는
그 쓴 고수랑 이름이 같네
애들이 킥킥 웃었다

초등학교 때 태권도 도장에서
기왓장 깰 때
손날이 엄청 아팠는데
스펙 쌓기도 쉽지 않네 싶었다
무림의 세계는 다 그런 거야

경호가 아는 척했다

그런데 네가 쓴다는 그 웹 소설 말이야
누가 주인공이야?
비리비리하고 아직 자기가 고수라는 것을 모르는 애야
두고 봐야 아는데
나도 잘 모르겠어
내 이야기 속으로 아이들이 하나둘 빠져들었다

우당탕탕 김민서

나는 '넘어져 병'에 걸렸나 봐
결정적인 순간에 스텝이 꼬이는 거야
운동회에서 일 등으로 달리다가 결승선 바로 앞에서
흙먼지를 뒤집어쓰고 넘어졌어

한번은 계단에서 내려오다가
철퍼덕!
아무 일 없다는 듯 벌떡 일어나 걸었지

화장실 변기에 앉아
까진 무릎을 봤어
키득키득 웃던 아이들 눈동자가 화장실까지
따라와 괜찮냐? 괜찮아? 쳐다봤지

책상 위 텀블러도 넘어뜨리고
일어나다가 필통을 와르르 쏟기도 했어

그 후 '우당탕탕 김민서'라고 적힌 학급 티셔츠를 입고

달렸어 달릴 때마다
우당탕탕 김민서 우당탕탕 김민서
빨리 부르면 '오랑우탄 김민서'처럼 들렸지만
응원을 받으며 신나게 달렸어

'넘어져 병'은 치료하는 게 아니라
치유하는 건가 봐!

곁

겨울의 옛말은 겨슬이래요
곁을 내준다는 말 같고
가까이 다가오라는 손짓 같아요

가만 발음해 보면
무릎 위에 펼쳐 놓는 담요 같죠

겨울밤, 할머니가 들려주던 이야기 끝은
언제나 조금씩 달랐는데

쨍한 하늘과
머리를 쓰다듬어 주던 바람과
크리스마스트리의 전구처럼 알알이 반짝이는
불빛들

여기 있을게!
악몽에서 깨면
창가에서 흔들리던 드림캐처

꽝꽝 언 땅속
씨앗이 포슬포슬 흙을 베고 누운 겨울

나는 할머니 곁에 누워서 먼 겨울 나라 이야기를
듣곤 했어요

무성하게 무성의하게

학교를 그만두고 항암 치료를 받던 원형이는

초등학교 때 나와 같은 반이었는데 축구를 좋아하고 손을 번쩍번쩍 잘 들던 애였는데

도자기 물레를 돌리다가 마음에 안 들면 뭉개 버리듯

새로 얼굴을 만들고 싶었을까? 처음부터 다시 시작하고 싶을 때가 많은데 원형이도 그런 마음으로 모자를 꾹 눌러 쓰고 다녔을까?

통학차에서 내려 터벅터벅 걷다가 그 애가 모자를 깊게 눌러쓰고 나와 반대편으로 걸어가는 것을 봤다

원형이 아버지가 자기 짐만 트럭에 싣고 동네를 떠난 뒤 그 애도 어딘가로 갔는데 엄마 말로는 병원에 입원했다고 하고 누구는 아주 먼 곳으로 떠났다고 했다 잘라 내도 무성하게 자라는 풀처럼 무성한 소문은 계속 자라났다

무성한 풀들 사이 숨어 있던 축구공처럼

그 애가 어디선가 손을 번쩍 들고
저 여기 있어요! 환하게 말해 주면 좋겠다

지구가 둥근 이유

야구공이 풀숲에 쪼그려 앉았어요
가끔 나도 야구공처럼 풀숲에 앉아 쉬고 싶은데

엄마는 너 하고 싶은 거 네가 진짜 좋아하는 거
그걸 찾아보라는데
난 아직 그게 뭔지 모르겠어요
웹툰 볼 때는 웹툰 작가가 되고 싶고
동전 노래방 갈 땐 노래방 차려서 노래나 실컷 하고 싶기도 해요

어쩌다 거실에서 마주친 아빠가
공부 말고 하고 싶은 거 있음 말해 봐!
공부 안 하냐? 물을 때보다 더 무서워요
뭘 잘하는지 나도 잘 모르겠거든요
풀숲에 잠깐 앉았다가 더 굴러갈까 봐요

둥글게 둥글게
지구가 몸을 말고 있잖아요

비즈니스 관계

경민이는 내게 말한다
우정이니 뭐니 다 헛소리다
그러니까 우리 비즈니스 관계끼리
정 주지 말자!

어쩐지!
그 말을 혼자 따라 해 본다
그래 정 주지 말자!
책에서 보니까 더 사랑하는 쪽이
오래 아프다더라
상자 속 사과도 적당하게 거리를 둬야
상하지 않고 오래간다더라
그래도 경민아, 비즈니스 관계끼리
오늘 동전 노래방 갈래?

저수조의 추억

어른들이 가지 말라는 저수조 위에
올라가 쿵쿵 뛰었다

저수조 속으로 머리를 들이밀고 안을 들여다봤다
검은 물 위
운동화 한 짝이 둥둥 떠 있었고
닭 털도 보였다

친구들이 뒤에서 왁! 떠미는 장난을 쳤다

어느 날 구급차 소리가 요란하게 나더니
흰 천으로 덮은 무언가가 들것에 실려 나갔고
동네 어른들은 저수조 입구를 시멘트로 싹 발라 버렸다

아직도 가끔
저수조로 놀러 가는 꿈을 꾼다

이사 온 지 한참 지났는데도

저수조는 나를 따라와
컴컴하고 커다란 아가리를 벌리고
침을 삼켰다

침대 밑에 사는 요정

얘들아
노래를 부르렴 춤을 추렴

한 손에는 사탕을 다른 손에는 꽃을
손에 손 잡고 춤을 추렴
빨간 꽃은 더 빨갛게
노란 꽃은 더 노랗게 마법을 걸어 주마

깊은 밤 열쇠 구멍이나 문틈으로 들락거린단다
그때 네가 신던 신발을 내게 주렴
너 대신 발바닥이 새카맣도록 온 동네를 돌아다닐게
트롤 트롤 트롤 트롤 주문을 외우렴
침대 밑에서 낮잠을 자고 있을 테니

이를 어째! 난 이제 불운만 덮칠 거야
울지 말거라 어린 영혼아
파도 쓰나미 지진 따위가 네 책상 위로 마구
쏟아진대도 내가 널 지켜 줄게

좋은 꿈은 너에게로
나쁜 꿈은 구멍으로 내보낼게

야간과 자율과 학습

친구들이 국화꽃을 올려놓으며
눈물을 훔치겠지 돌려주지 못했다며
이어폰을 내놓을지도 몰라
어린 나이에 안됐다며
어른들은 혀를 차겠지
선생님은 내가 참 괜찮은 아이였다고
교사 일기를 쓸지 몰라
항상 잘 웃고 인사도 잘하던 아이라며
슈퍼 아주머니는 한나절 우울할지 몰라
세탁소 아저씨는 또 어떻고
나만 보면 106동 208호지? 척 알아봤는데
교복 맡길 일은 없겠다며 눈시울을 붉히겠지
세탁소 앞을 지날 때마다 외투와 바지 들이
영혼이 빠져나간 껍데기처럼 흔들렸는데

여기까지는 내가 죽은 뒤 상상하는 글쓰기 숙제
여기까지 쓰고 보니 내가 사라진 뒤에도 다른 사람들은
사라지지 않는다는 거

갑자기 친구들이 보고 싶어졌다

백만 년 동안

움집에 불을 지피는 사람
돌도끼를 다듬는 사람
빗살무늬 토기를 만드는 사람
꼬챙이에 물고기를 꿰어 오는 사람
달려가는 아이들

백만 년 동안 같은 동작만 하는 사람들
누가 얼음땡 놀이를 하다가
얼음! 하고 멈춰 놓은 마을

박물관이 닫히는 밤이면 모두 깨어나
부싯돌을 두드려 불을 지피고
토기에 빗살을 긋고
화덕 위에 물고기를 올린다

아이들은 커
어른이 되겠지
노인이 되겠지

그러다 내가 되었겠지

일인칭 주인공

인디언 말에는 풀이라는 말이 없대
뽑아내야 한다거나
이름이 없다고 생각하지 않은 거지

떡잎이 나올 때까지 모르는 씨앗 같아서
잘 모른다고 해야 하는 거야
꽃들이 멀리서도 눈에 띄는 건
풀이 무성하게 있어서지

생각해 봐!
만약 세상에 새들이 없다면
나무가 그렇게 아름다울까?

이 풀밭에서도
내가 주인공이면 돼

내 이야기의 주인공은 나야
지은이도 나야

그래서 난 그냥 풀! 할래

지구의 반지름

그네에 앉아서 보니
예전에는 넓게만 보였던 초등학교 운동장이 오늘따라
작게 보인다

발을 굴려 그네를 좀 멀리 보낸다
내 무게만큼 멀어졌다가
다시 내 무게만큼 돌아온다

까딱까딱
다리를 들어 더 위로 굴린다

내가 선 자리에서 나뭇가지를 잡고 한 바퀴 돌면
동그라미가 된다
다리를 넓게 펴고 그리면
운동장쯤 그릴 수 있을 것 같은 밤

시험을 망친 일도
친구에게 들은 거슬리는 말도

발로 툭툭 모래를 차 지운다

가방을 털어 어깨에 걸치고
집으로 돌아간다

너는 누구니?

캄캄한 계단에 앉아 있었다
계단을 타고 내려오는
슬리퍼 소리

점점 가까워지고
내 또래 남자애가 나를 보더니
여기서 뭐 하냐고 물었다

계단에 앉아 그 애랑 이런저런
얘기를 나눴다 그 애는 18층에 산다고 했다
힘내라고 했다 엄마 너무 미워하지 마!
철든 말도 했다

얘, 그런데 지금이 몇 년도니?

그 애는 뒤를 힐끔거리며 계단을 내려갔다
센서 등이 잠시 켜졌다 꺼졌다
앗! 타임머신을 잘못 맞춘 것 같다

제3부

나의 드림캐처

악몽을 모으는 드림캐처

얘들아
하늘을 날다가 떨어지고
집에 강도가 들고
불이 나는 꿈을 꿨다고?

내가 여기 지키고 있을게
머리맡을 지키고 있을게

울다 깼니
손바닥 가득 땀이 났어?

괜찮아 괜찮아

차르르르르 차르르르르
빙그르르르 빙그르르르

좋은 꿈도 나쁜 꿈도 너만 알 수 있지만
내가 꿈속까지 같이 가 줄게

내 손을 잡아

밤에 더 아픈 이유

신은 목공소에 살아
손가락을 잘 만든다고도 하고
목소리가 다양하다는 소문도 있어

목각 인형들이 나무를 베어 오면
신은 피노키오를 만들지
목공소 가득 톱밥을 쌓아 두면 숲속 난쟁이들이 와서
밤새 싣고 가

불 속에 톱밥을 던져 넣으면
불빛이 커졌다 작아졌다
온 세상이 따뜻해지거든

신이 집집마다 따스한 불빛을 나눠 주러
다닐 새가 없어
생쥐가 쥐구멍으로 집집마다 불빛을 나르지

신은 종일 피노키오를 만들다가

초저녁부터 잠이 들었거든

목각 인형들도 난쟁이들도 생쥐들도
모두 잠이 들면
불빛이 꺼지고 말아

그래서 밤이면 더 슬퍼지는 거야
밤이면 더 아픈 거야

손 모서리에 까만 줄이 옮겨 올 때까지

방과 후 미술반에 들었다
미술 선생님은
흰 도화지에 빗줄기처럼
계속 아래로 줄만 그으라고 했다
세로줄을 다 그으면
가로줄을 그렸고
그다음엔 빗금을 그었다
한 달 동안 도화지 가득 줄만 그었다
손 모서리에 까만 줄이 옮겨 올 때까지
조르조 모란디는 캄캄한 방에 틀어박혀
종일 병과 항아리를 그렸다 하고
모네는 삼 년간 매일 수련을 그렸다는 얘기를 미술 선생님께 들었다
정말 화가가 되고 싶은 게 맞나?
빗금을 그으면서
생각하고 또 생각했다
창밖에는 소나기가 쏟아졌다
검은 빗줄기가 죽죽 창문에 줄을 그었다

나의 서랍 속에는

나의 작은 유령은
밤마다 내 침대에 걸터앉아 길 잃은 뼈와
흩어진 영혼에 대해 이야기해
나를 겁주려다가 자기가 먼저 덜덜 떤다니까

한번은 내가 진짜로 사람을 겁주는 방법을 알려 주겠다니까
자기가 먼저 이불 속으로 기어 들어오지 뭐야

착한 사람들

착한 사람이 죽으면
꽃으로 돌아온대

그래서 착한 사람의 무덤가에는
예쁜 꽃들이 피는 거래

아빠는 할머니 무덤가의 풀을 뽑으며
올해 유난히 할미꽃이 많이 폈대

할머니 여기는 모두 잘 지내요
인사를 하면
무덤에서 머리를 내밀고
아이고, 우리 민서 많이 컸구나!
긴 손을 뻗어 내 머리를 쓰다듬을 것 같아

할머니가 멀고 먼 곳에서 나를 향해
계속 꽃씨를 불어 주고 있어

주먹 쥐고 손을 펴서

씻지도 못한 채 소파에 잠든 엄마

할머니가 넣어 준 꾸깃꾸깃한 천 원짜리 몇 장

담벼락에 끼인 새끼 고양이를 구조하는 119 대원
그걸 지켜보는 어미 고양이

횡단보도에서 '아이를 찾습니다' 전단지를 나눠 주는 아이 엄마

죽으려고 지하철에 뛰어든 사람과
그 사람을 구하려고 지하철을 온몸으로 미는 사람들

수학여행 떠난 아이들이 돌아오지 못한
4월의 어느 날과 잠 못 드는 사람들

모두 잘 자요!
쥐었던 주먹을 펴고

가장 무서운 이야기

여름 캠프를 갔다
우리는 돌아가며 자기가 아는 가장 무서운 이야기를 하기로 했다

민재는 귀신이 화장실 구석에 앉아
샤워하는 자기를 빤히 쳐다본다고 했다

윤선이는 침대 밑으로 굴러간 동전을 찾다가
얼굴 없는 여자애를 봤다고 했다

엄마가 없는 날 방문을 열었는데
엄마가 아닌 여자가 엄마처럼 침대에 누워 있더라고 은서가 말했다

아파트에 붉은 물이 콸콸 쏟아져 알고 보니 저수조 속에
시체가 있었다는 얘기

환경미화원이 검은 비닐봉지에 담긴 아기를 발견했는데

죽지 않고 살아 있었다고

그때 구석에 있던 검은 비닐봉지가
부스럭거렸다
우리는 이불을 머리끝까지 뒤집어썼다

불이 났다

엄마는 우리한테 나갈 때는
꼭 고데기 코드를 뽑았는지 확인하라고 했다
엘리베이터 타자마자
코드 뽑았나 안 뽑았나 헷갈리고

에잇! 뽑았을 거야 뽑았겠지
안 뽑았으면 어쩌지…

동생이 전화를 받지 않는다

학원 차를 타고 가는 동안에도
119 구급차 소리가 꼭 우리 집으로 가는 것 같아
뒤를 돌아봤다

그날 밤 아파트에 불이 난 꿈을 꿨다
나는 베란다에 대롱대롱 매달려 있었고
동생은 휴대폰 게임을 하느라 불러도 대답이 없었다

아파트 아래
119 구급대가 깔아 놓은 매트가 보였다
뛰어내려 어서 뛰어내려
고함치는 구급대 아저씨들

나는 손도 못 놓고 눈만 질끈 감았다
깨고 나니 팔에 쥐가 나고 쌀 것처럼 오줌이 마려웠다

영혼을 찾아서

인디언들은 달리던 말에서 내려
영혼이 잘 따라오는지 본다지

학원 차에서 내려 터벅터벅
뒤돌아보니 내 영혼이 흙먼지를 덮어쓰고 달려오는 게 보였다

울고 있었다
시험지 앞에서 멀뚱멀뚱 샤프를 굴릴 때처럼

나는 멍해졌다

미안해 천천히 갈게
떡볶이 사 주며 달래야 할까
부둥켜안고 같이 울어야 할까

영혼을 따라 한참을 달렸는데
얼굴에는 땀도 안 나고

다리도 아프지 않았다

꿈만 같아
다리를 이리저리 만져 보는 새벽이었다

물질과 성질

이상한 꿈도 다 있지
과학 시간에 반 아이들이 내 주위를 둘러싸더니
내 몸속 물질과 성질에 대해 조사 중이라며 비닐장갑을 끼고
눈알을 뒤집어 보며
노트에 흰자위와 검은 눈동자를 그렸다

팔뚝을 들어 올려 귀에 붙이고
근육량을 측정했다
간지러웠지만 잘 참았다
입술을 뒤집고 치아를 세기 시작했다
나는 치과에 온 것처럼 입을 크게
벌리고 있었다
보기보다 밝고 생각이 많음 후회도 잘하고 반성도 잘함
누가 불러 주니까 아이들이 노트에 옮겨 적었다

선생님이 마음을 알기 위해서
췌장의 크기를 재 봐야 한다고 말씀하셨다

마음이
비커에 담겼다
눈금이 떨렸다
아이들은 노트에 내 마음을 그리고 몇 그램인지 적었다
나를 조금 알겠다며 만족해했다

점심시간 종이 울렸다 아이들은 나를 눕혀 둔 채
우르르 급식실로 달려갔다

나만 혼자 마음을 다 보여 준 것 같아 씁쓸했다

지켜 줄게

어미 고양이 따라
새끼 고양이 세 마리가 뛰어노는 것을 봤다
이웃 아주머니가 먹을거리를 챙겨 줘서
새끼를 낳았다며 주민 가운데 한 사람이 민원을 넣었다
고 한다

새끼 고양이들이 낮은 나무에 오르려고
버둥거리는 것을 보니 앙증맞다
쪼그려 앉아
야옹야옹 소리를 내자
새끼 고양이들도 따라서 야옹야옹 한다

세상에 나쁜 사람은 나뿐인 사람
불운을 가져오는 고양이 따위는 없다
지나가는 길고양이에게
불운의 공을 떠넘기기 때문

내가 손바닥을 내밀자 뭐 먹을 것도 없는

빈 손바닥을 살살 핥았다

사람들 소리에
풀숲으로 도망치는 고양이들

거기 잘 숨어 있어
내가 또 보러 올게

행운의 여신

꿈에 십 원짜리 동전을 줍고 또 주웠다
주워도 주워도 주머니는 채워지지 않고
동전은 계속 길에 떨어져 있었다

해몽을 찾아봤다
행운이 있을 거란다
행운의 여신이 기다리고 있다가
골목 끝에서 긴 드레스 자락을 끌고 나타나
내 손에 동전을 쥐여 주며
너에게 신의 가호가
너에게 행운이… 이러는 것일까

행운은
떨어진 것을 줍는 걸까?
찾아가는 걸까?

괜히 골똘해져서 주머니에 수북한 동전을
책상에 올려놓고 세어 봤다

물놀이용 유니콘 튜브처럼

다음 주면 수능 시험
엄마는 갓바위에 올라 언니를 위해 기도했다
붉은 종이를 꼬깃 접어 지갑에 넣어 주었다
언니는 마다하지 않고 넣고 다닌다

엄마 다녀올게요
인사 속에
엄마가 잡아 주는 엘리베이터 속에
손에 꼭 쥐여 주는 도시락 가방 손잡이에
엄마의 믿음도
언니의 믿음도
달리기 선수가 결승선에 들어올 때처럼
좋은 쪽으로 데려간다

그런데 엄마 나 수능 칠 때는 갓바위 가지 마라
갓바위도 그 많은 사람 소원 다 들어주기 버거울 거고
이름도 기억 못 할 거다 무릎도 안 좋은데 가지 마라 엄마

목욕탕에서

팔이 네 개인 사람이 내 옆자리에 앉는다
두 손은 대야를 두 손은 목욕 의자를 씻는다
팔 네 개가 번갈아 가며 구석구석 비누칠을 한다
나는 자리를 옮길까 눈치를 살피는데
주변에 아무도 없고 팔 네 개인 사람과 나만 있다
학생 등 밀어 줄까?
얼음 식혜를 쪽쪽
아뇨 괜찮아요
나는 최대한 몸을 피해 멀찍이 앉는다
사우나실에 들어간 엄마는 나올 생각을 안 한다
팔 네 개인 사람은 자기 등도 쓱쓱 민다
지그재그로 미니까 안 닿는 데가 없다
엄마가 수건을 어깨에 걸치고 나오더니
팔 네 개인 사람과 나란히 앉는다
아이고! 팔이 네 개니까 얼마나 좋아요
엄마는 말도 척척 걸고 금세 친해졌다 등 좀 밀어 달라며 돌아앉는다
팔 네 개인 사람은 엄마를 구석구석 밀어 준다

엄마는 팔이 네 개라 참 좋겠다며
자기는 팔이 두 개라 매일 바쁘단다
목욕탕 안이 수증기로 꽉 차서
누구 팔인지 보이지 않았다

나의 MBTI

1. 나 김민서는 날씨가 맑고 바람이 살랑살랑 부는 가장 좋은 날 태어난다
   (내 맘대로 되는 일이라면)

2. 아무리 좋은 사람도 바쁠 때는 남의 이야기를 들어 줄 시간이 없다
   (엄마가 드라마 볼 때가 용돈 타기에 가장 좋은 시간)

3. 힘이 세 보이는 애들도 보기보다 힘이 없을 수 있고 약해 보이는 애들이 꼭 힘이 없는 것도 아니다
   (까불다 맞는 경우가 있으므로 늘 스스로를 낮춰야 함)

4. 시간이 남아돈다고 다 그린 그림에 덧칠할 필요는 없다
   (덧칠은 언제나 떡칠)

5. 고친 문제는 틀릴 확률이 높다
   (가끔 안 고쳐서 틀릴 때도 있다)

6. 외롭다고 아무하고나 친구 해서는 안 된다
(외롭지 않은데 왜 연애를 한담)

7. 아무거나!는 상대를 배려해서가 아니라 선택 장애다
(짬뽕? 짜장면? 아무거나)

8. 죽은 듯이 있다고 죽은 것은 아니다
(유령이나 귀신이 여기 속하나 그들은 대부분 자기가 살아 있다고 믿는다)

9. 그냥이라는 단어가 없다면 많은 문제에 답을 하지 못할 것이다
(내가 너를 좋아하는 거)

10. 십 대의 내가 오십 대의 내가 된다
(만리장성도 하나하나 쌓아 만들어졌다)

제4부

「별책 부록」: 그때도 있고 지금도 있는 아이

이생규장전

엄마는 내가 가방 멘 모습만 보고도 귀신같이
너 오늘 시험 망쳤구나!
너 오늘 머리 아프지 않았어?
알아챈다
엄마 말수가 적은 날은 나도 말이 없어진다
전생에 나는 엄마의 엄마
엄마는 내 자식이었는지 모른다
전생에 진 빚 갚으려고
이생에 엄마와 자식이 된다던데
바쁜 엄마는 있지만 나쁜 엄마는 없다고
엄마도 엄마가 처음이라 헤맬 때도 있지만
신이 바쁜 나머지 엄마를 대신 보냈다니
신하고는 달리 뒤끝 없고
뭐든 깜박 잘 잊는 덜렁대는 엄마가 있어
그런대로 이생은 견딜 만하다

흥부의 노래

흥부는 흥이 많은 사람인 거라
따귀 맞고도 흥
매품 가서도 흥
제비 다리를 고쳐 준 것도 흥이 많아서야
박씨를 심은 것도
흥부가 흥이 많은 건 엄마 배 속에서부터였을 거야
그러니까 이름을 흥부라 했겠지
박을 타며 노래를 부른 것도 좀 봐!
박 타는 거 하나에도 진심인 거지
어떻게 흥부가 부자가 되었는지
중요한 게 아냐
흥부는 그저 흥부로 살아갔을 뿐이야
지금도 삼천리 화려 강산 곳곳
흥으로 넘치는 동전 노래방 좀 봐
흥만큼은 세상 어디에도 빠지지 않는
흥 부자들

연꽃 속에 사람이 들어갈 수 있는가

심청

연꽃이 얼마나 커야 되는지
사람이 얼마나 작으면 되는지
계절은 언제가 적당한지
바람의 온도 바람의 습도
바람의 기분을 헤아려 본다

연꽃 속에 사람은 어떤 자세로 있을 수 있는지
연꽃 속에서 가만 서 있기 위해
사람은 어떤 마음을 가져야 하는지
마음은 언제 가장 잘 자라는지

인당수에 뛰어내린 심청을
받아 안는 마음이면
연꽃이 쓰러지지 않고 사람을 감쌀 수도
있는지

푸르고 푸른 마음이 자라
연꽃을 피우는지

컴컴한 진흙 펄 속처럼
나는 골똘해진다

세상의 모든 홍길동

나 홍길동
입신양명까지는 바라지 않아
내 이름 걸고 살아가고 싶을 뿐

박수빈 헤어 숍
송유하 동물 병원
강윤선 베이커리
사거리에 있고
신축 건물에도 있지

동에 번쩍
서에 번쩍 날고 기고
기고 날아도 제자리만 아니면 좋겠어

세상을 구하는 것까지는 바라지 않아
이름을 걸고
나도 뭔가 되고 싶어

그러니까 세상의 모든 홍길동은
오늘도 서에 번쩍
동에 번쩍 아침부터 밤까지
발바닥 땀 나도록 뛰어다니는 거라

두 김생 이야기

1

비가 오고 바람이 부는 날이었지
곡식이 다 떠내려가도
한가하게 글 읽는 선비가 있었으니
그 이름은 김생

2

김생이 독서실에서 글공부를 했는데 그곳의 지명은 신림! 선선한 바람이 나뭇가지마다 부는 고시촌 선비들이 삼선 슬리퍼를 끌고 편의점에서 컵밥을 먹었으니 오백 년을 거슬러 올라가는 연어 떼 같았지 이 또한 장관이라면 장관 누가 먼저인지 순서도 없이 양반이 되기 위해 신림은 밤에도 불을 끄지 않았지 의자와 한 몸이 된 김생은 앞날에 대한 불안으로 다리를 떨었지 유리창 밖 불빛을 바라보며 회전문처럼 돌고 도는 전생과 후생에 대하여 아무도 말해 주지 않았지만

3

김생이 호롱불 아래 글을 읽을 때 비가 내리고 책들이 둥둥 떠내려가고 짚신도 장작더미도 젖었어

4

신림의 김생과 조선의 김생은 서로를 알아보지 못한 채 컵라면과 삼각김밥을 들고 비를 피해 헐레벌떡 독서실로 서로를 비켜 들어갔어

난춘

춘향

오라면 오고
가라면 가야 하니?
오란다고 가지 않겠지만
가란다고 가지도 않을 거야

그네나 탈래
발을 굴려
달에 닿을 거야

볼에 스치는 봄바람
꽃들의 볼
나비의 날갯짓을
심장 가득 수놓을 거야

봄의 노래
밤의 이야기로

나만의 비밀 정원을 만들 거야

봄의 향기가 될 거야

햇빛이 쾅쾅 부서져 어지러운
환한 봄날이잖아

마음의 문

허생

신이 사람을 만들 때
마음에 창을 냈더라면
속을 들여다볼 수 있었을 텐데요

열 길 마음을 만들어 놓고
소심하다 하고
욕심이 많다 하고
성급하다고 해요
누구는 자기밖에 모른다고 삐져요

사람의 마음을 사고팔 수 있다면
매점매석이 된다면

오늘은 이걸
내일은 저걸
모자처럼 바꿔 쓰고 나갈 수 있을까요

적당한 마음을 꺼낼 수 있다면

오해도 미안함도
갈피를 잡지 못한 마음에게
이런 나도 나를 잘 모르겠다고
창을 열고
말해 줄 수 있을까요

호랑이는 고양잇과

호질

입을 쩝쩝

학생들은 상상력이라고는 찾아볼 수 없고
가수들은 너무 말라 부러질 것 같고
부자들은 소리치며 싸우느라 맛이 없으니
먹을 수가 있어야지

피시방에 들어가
어흥 해도 아무도 쳐다보지 않아
CG인 줄 안다니까

이러다 쫄쫄 굶게 생겼어
차라리 어흥 하지 말고
야옹 그래 볼까?

술 취해 터덜터덜 걸어오던 시인 아저씨가
너 많이 배고프구나!
참치 캔 하나를 사 주고 가네

차라리 호랑이보다는 고양이가 낫겠어

사춘기는 계절의 다른 이름

별주부전

너는 왜 엄마 말을 안 듣니?
간을 빼 줄까
쓸개를 빼 줄까

마음대로 안 되면
쾅! 방문을 걸어 잠그고
등딱지를 뒤집고 누워만 있니?

이런다고 뭐가 달라지니?

어머니 제가 원하는 건
간도
쓸개도
아닙니다

치킨이나 한 마리 시켜 주세요
얼른 먹고 한숨 잘게요

믿지 못하시겠지만
제 책상 아래 용궁으로 가는 길이 있습니다

하실 말씀 없으면

전 이만!
용궁으로 나만의 용궁으로 들어갑니다

정말입니다 믿어 주세요

토끼전

콩팥 대장 소장 염통 다 필요 없고
너의 간을 다오

용왕님 제 간은 맛이 없사옵니다
밤새 시험 공부하느라

간이
간이
들지 않았사옵니다

그럼 네 속을 보여 다오
간이 들었는지 확인해 보겠다

용왕님 제 속은 제가 잘 압니다
들었지요 들었는데
아직은 덜 들었다는 거지요

아니 그게 무슨 해괴한 소리인고?

정말, 정말 모르시는 거예요
아시면서 아시잖아요

날름날름 배배 꼰 말만 하지 말고
진짜 원하는 게 뭐냐

깨발랄 명랑 토끼로 오래오래
살고 싶은 것뿐입니다

그러니 지금은 용궁 구경이나 좀 하다 갈게요

취유부벽정기

늦은 밤 아빠가
술에 취해 흥얼흥얼
노래를 부르며 집으로 오고 있었다

예쁜 신부가
아빠를 빤히 쳐다보더니

넥타이를 푸세요
신발을 벗으세요
이불을 깔아 놓았으니

여기로 오세요
이리로 오세요

아빠는 신혼 첫날밤처럼
얼굴이 빨개져 발을 씻고
푹신한 이불을 덮고 잠이 들었다

아침에 일어나 보니 벤치 아래
신발을 가지런히 벗어 놓고 신문지를 덮고선
잠들어 있었다

할머니는 소금을 한 바가지나 뿌렸고
엄마는 아빠를 볼 때마다 눈을 흘겼다

일요일의 장화와 홍련

창가 자리
국화꽃을 올려놓았지
아무도 그 자리에 앉지 않는다

그 옆을 지나칠 때마다
누가 내 손목을 잡아당길 것 같다

비가 쏟아지는 날
장화와 홍련이
일요일인 줄 모르고
학교에 온 아이들처럼
벌서다 잊고 남겨진 아이처럼
앉아 있다

천둥 번개 비바람 속에
문제집을 넘기며
빈 교실에 앉아 있는 장화와 홍련이

해설

악몽과 동행하는 서정적인 궤도

김지은 아동·청소년문학 평론가

이 시집의 화자 '김민서'는 주변에서 흔히 볼 수 있는 평범한 고등학생이다. 시인은 청소년 화자 김민서의 시선을 통해 이 시대의 청소년이 느끼는 불안과 쓸쓸함 뒤에 감추어진 불편한 사회 구조를 명료한 언어로 짚어 낸다. 경쟁을 부추기고 오로지 최고가 되기만 강요하는 사회에서 김민서는 악몽과도 같은 현실을 똑바로 바라보고자 한다. 가위에 눌리면서 눈이 마주친 "나를 바라보는 나"를 위해서 "더 자라고/이불을 끌어당겨 그 애를 덮어 주"(「보건실 창가」)는 방식으로 "잠이 눈꺼풀에 매달"(「0교시」)린 이른 아침부터 경쟁을 재촉하는 세상에 저항한다.

김민서는 꿈이 큰 아이다. "트램펄린 위에서/높이높이 뛰고 뛰어/지평선 너머로", "천장을 뚫고 우주 밖으로"(「우리가 방방이라고 부르는」, 이하 같은 시) 뛰어오르고 싶어 한다. 그러나 어른들은 "벗어나지 마라/벗어나면 떨어진다/떨어지면 낙오자가 되는 거"라고 말한다. 어른들은 제자리에서 높이 뛰기만 하라고 강요하지만 김민서가 높이 뛰고 싶은 이유는 "물소의 다리"를 만질 수 있고 "야자수 사이로 부는 바람"을 느낄 수 있는 곳까지 더 멀리 가기 위해서다. 그런데 김민서는 그다지 잘 뛰는 아이가 아니다. "넘어져 병"(「우당탕탕 김민서」, 이하 같은 시)에 걸린 것처럼 걸핏하면 결승선 앞에서 주저앉거나 계단을 굴러서 "우당탕탕 김민서"라는 별명을 얻는다. 하지만 그 별명을 "오랑우탄 김민서"라는 응원으로 듣고서 "아무 일 없다는 듯 벌떡 일어나" 오랑우탄처럼 신나게 달리는 용기가 있다.

김민서는 자신을 아끼고 사랑할 줄도 안다. "외롭다고 아무하고나" 친구가 되려고 하지 않는 자존감과 "덧칠은 언제나 떡칠"이라는 걸 알기에 "시간이 남아돈다고 다 그린 그림에 덧칠"(「나의 MBTI」)하지 않는 현명한 자제력을 발휘한다. 또 "다리를 넓게 펴고 그리면/운동장쯤 그릴 수 있을 것 같"다는 야무진 포부와 "시험을 망친 일"이나 "친구에게 들은 거슬리는 말" 따위는 "가방을 털어 어깨에 걸치"(「지구의 반지름」)듯 툭툭 지워 버리는 지혜도 있다. 돌아서면 방전될 수밖에 없는 상황에서도 김민서는 자신을 제대로 충전하기 위해서 애쓴다.

생각해 봐!
만약 세상에 새들이 없다면

나무가 그렇게 아름다울까?

이 풀밭에서도
내가 주인공이면 돼

내 이야기의 주인공은 나야
지은이도 나야

—「일인칭 주인공」 부분

친구들이 지금 쓰고 있는 웹 소설의 주인공이 누구냐고 물었을 때 김민서는 주인공이 누구인지는 "두고 봐야" 안다며 "비리비리하고 아직 자기가 고수라는 것을 모르는 애"(「내가 쓰는 책」)라고만 말해 둔다. 그러나 김민서는 자신이 주인공이라는 것을 이미 알고 있다. "공부 말고 하고 싶은 거 있음 말해 봐!"라는 아빠의 말이 "공부 안 하냐?"(「지구가 둥근 이유」)라는 말보다 더 무섭지만 자기가 진짜 좋아하는 게 뭔지, 뭘 잘하는지 생각해 본다. 다른 누구도 아닌 자신의 미래이기 때문이다. 파도와 지진과 쓰나미 속에서도 열심히 자라고 있다고 생각하면서 "나쁜 꿈은 구멍으로 내보"(「침대 밑에 사는 요정」)내고 세상의 모든 불운으로부터 "일인칭 주인공"인 자신을 잘 지켜 내려고 한다.

그런데 이렇게 평범하고 씩씩한 김민서에게도 악몽은 일상이다. 눈을 똑바로 뜨고 살아가려고 애쓰는 중에도 스르르 잠에 빠져들고, 습관처럼 꿈을 꾸고, 푹 자도 괜찮은 날인데 자꾸만 잠에서 깬다. 김민서가 꾸는 꿈은 대부분 무슨 뜻인지 쉽게 풀 수 없는, 낯설고 서늘한 꿈이다. 같은 장면을 여러 번 꾸고, 뭐라고 말을 하려고 해도 꿈에서는 입이 잘 떨어지지 않는다. 기묘한 꿈이 현실을 밀어내고 큰 자리를 차지할수록 내가 유령인지 유령이 '나'인지 분간이 가지 않는다.

김민서는 이왕 꿈 때문에 단잠을 이루지 못할 거라면 아예 악몽을 수집하기로 한다. 이는 의미심장한 결심이다. 악몽 같은 현실이 도사리는 날은 꿈이 더 편안하기 때문이다. 삶의 부정적인 국면을 없애거나 멀찌감치 치워 버릴 수 없다면 오히려 그것을 끌어안고 정면 승부를 해 보겠다는 의지를 보여 준다. 악몽은 꿈에만 있는 것이 아니다. "선생님도 부모님도 한때 유령이었"으며, 유령이었던 자들은 "우리가 유령인 건/당연한 거"(「걔들은 '우리'인 거고 난 그냥 '너'였던 거」)라면서 '너희도 유령이 되라'고 공공연히 말한다. 현실의 거울 안에 '나'는 없다.

> 유령이 되려면 두 가지 규칙만 잘 지키면 돼
> 무리 지어 다닐 것
> 절대 거울을 보지 말 것
>
> —「걔들은 '우리'인 거고 난 그냥 '너'였던 거」 부분

김민서의 악몽 수집은 실존을 위한 결정이다. 거울 안의 '나'를 삭제하고 절대 거울을 들여다보지 못하게 만드는 모순된 구조 안에서 자신을 잃지 않고 지켜 나가기 위해 선택한 유일한 방법이다. 악몽을 수집하면서 김민서는 비로소 자신에게 구체적인 질문을 던질 수 있게 된다. "어쩌다 우리 집에 살게 되었는지/너 말고 다른 애는 없는지/주로 뭐 하는지/궁금한 게 많다"고 털어놓으면서 "우리 한번 보자!"(「지신 강림」)고 말을 걸 수 있게 된다. 악몽에서 만나는 귀신은 자칫하면 손을 놓치고 멀어질 뻔했던 김민서의 친구들이며, 한편으로는 김민서 자신의 자아다.

이 시집에서 '흩어진다'는 개념은 자아 상실에 대한 공포를 드러낸다. "밤마다 내 침대에 걸터앉아 길 잃은 뼈와/흩어진 영혼에 대해 이야기"하는 "작은 유령"(「나의 서랍 속에는」)은 괴담을 말하면서 먼저 겁에 질려 떠는 약한 존재이기도 하다. 결국 유령은 이불 속으로 기어 들어오고 마는데, '이불'은 이 세계의 격랑 속에서도 자아의 동일성을 유지하게 하는 포근한 보호막이다. 임수현의 시에서 이불을 덮어 주는 행위는 어떤 한 사람이 자아를 온전히 보존하도록 지지해 주는 일이다. 이미 앞에서 "이불을 끌어당겨" "나를 바라보는 나"(「보건실 창가」)를 덮어 주는 행위로 나타난 바 있다.

"이불 밖으로 발이 나가면/귀신이 발목을 잡아끌고 간다"(「귀신은 발목을 가져다 뭘 할까」, 이하 같은 시)는 속설 또한 자아 분실에 대한 두려움과 연결된다. 귀신은 그 많은 발목을 가져다가 "이 발목 저 발목 자기 발에 대"본다. 발목의 주인을 찾아 주는 것은 부서진 자아를 짝 맞추어 제자리로 돌려보내 주는 일이기도 하다. "쓸데없는 생각 그만하고/다음 페이지 넘겨"(「멍때리기」)라고 말하는 교실 안의 세계는 발목의 주인이 누구인지에 무관심하지만, 귀신은 다르다. 이불 밖으로 빠져나온 발목을 관습대로 걷어 갔던 귀신은 발목의 주인들을 걱정한다. 되돌려 주지 못한 "발목만 수북이 쌓아 놓고"(「귀신은 발목을 가져다 뭘 할까」)서 애처로운 그 발목들이 추울까 싶어 이불을 덮어 주려고 한다.

임수현 시인이 그려 내는 악몽 속에서 귀신들은 이제 무서운 존재가 아니다. 동병상련의 또래 친구가 되어 공포의 영역에서 우정의 영역으로 자연스럽게 건너온다. "엄마 너무 미워하지 마!"라고 조언을 건네는 18층 아이는 "얘, 그런데 지금이 몇 년도니?"(「너는 누구니?」)라고 묻는다. 김민서와 18층 아이는 서로에게 익숙한 아파트 계단에서 만났지만 각자 전혀 다른 시간을 살아가는 존재였던 것이다. 두 청소년은 비슷한 굴레 속에서 고통받고 있기 때문에 시간을 뛰어넘어 공감할 수 있었다. 이 시집 속의 악몽에 출현하는 귀신은 대부분 화자를 위협하는 위력적 존재이기보다는 미숙한 동행자다. 잘 따라오는지 챙기고 보살펴야 하는 영혼이라는 점에서 더디고 안타까울 때도 있다. 그런 귀신을 "떡볶이 사 주며 달래야 할까/부둥켜안고 같이 울어야 할까"(「영혼을 찾아서」) 고심하다가 함께 데리고 간다.

김민서는 이제 악몽 수집가를 넘어서 악몽의 동반자가 되기를 자청한다. "불운을 가져오는 고양이 따위는 없다"고 정확하게 선언하면서 "세상에 나쁜 사람은 나뿐인 사람"이며 "불운의 공"(「지켜 줄게」)을 다른 존재에게 떠넘기는 것은 비겁한 일이라는 것을 깨닫는다. 불운을 두려워하는 사람이 아니라 행운을 찾아가는 사람으로 새롭게 일어서는 것이다. "행운은/떨어진 것을 줍는 걸까?/찾아가는 걸까?"(「행운의 여신」)라고 묻지만 답은 이미 다른 작품들에서 드러난 결심을 통해서 선명해진 상태다. 김민서를 뿌리 깊은 불안에서 끌어내고 행운의 방향으로 안내하는 것 중에는 가족이 안겨 주는 든든한 믿음도 있다.

엄마의 믿음도
언니의 믿음도
달리기 선수가 결승선에 들어올 때처럼
좋은 쪽으로 데려간다

—「물놀이용 유니콘 튜브처럼」 부분

이 믿음을 업고 김민서는 자신의 불안을 감당해 내는 사람으로 훌쩍 자란다. "엄마 나 수능 칠 때는 갓바위 가지 마라"고 당부하면서 불확정적인 소원보다는 엄마의 무릎을 걱정하는, 한결 성숙해진 자아를 드러낸다.

한편 '「별책 부록」'이라는 제목을 단 4부에서 우리는 옛이야기와 고전 소설 속의 인물들을 오늘로 불러와서 현실의 장면으로 재구성한 독특한 시들을 만날 수 있다. 화자는 "전생에 나는 엄마의 엄마/엄마는 내 자식이었는지 모른다"(「이생규장전」)며 엄마와 자신의 처지를 바꾸어 헤아려 보기도 하고, "인당수에 뛰어내린 심청"(「연꽃 속에 사람이 들어갈 수 있는가」)을 받아 안았던 연꽃의 크기와 심청의 신체 크기를 짐작하기도 한다. 대부분의 민담은 비과학적인 전제를 포함하는데, 화자가 그 전제를 과학적 합리성으로 캐묻는다는 점에서 과거와 현재의 충돌을 보여 준다. 신념으로 모든 것을 회귀시키는 기성세대와 청소년의 세계 인식의 차이를 절묘하게 드러내는 대목들이다. 흥부의 성공 비결을 "박을 타며 노래를 부른 것"(「흥부의 노래」), 즉 흥이 많았던 점에서 찾는 것도 호모 비디오쿠스다운 청소년 화자의 신선한 해석이다. 「두 김생 이야기」에서는 신림동 고시촌으로 건너온 수백 년 전의 김생과 독서실에 다니는 김생이 편의점에서 우연히 만난다. 과거 공부 하던 "조선의 김생"과 오늘날 공무원 시험을 준비하는 "신림의 김생"이 비슷한 또래였을 것이라는 상상에서 출발한 이 시는 두 사람의 "전생과 후생에 대하여 아무도 말해 주지 않았"다는 부분에서 돌고 도는 생의 이치를 은근하게 드러낸다. 이러한 기지는 시간과 공간을 해체하여 동료애로 묶어 내는 독창적인 재조합 방식에서 온 것이다. 어쩌면 "조선의 김생"의 귀신과 만난 것일 수도 있는 이 장면이 사뭇 유쾌하게 보이는 것은 우리가 이미 이 시집의 앞부분에서 귀신과 친구 맺기를 순조롭게 경험했기 때문일 것이다.

임수현의 시는 이렇게 공간을 넓히고 새로운 시간을 열어 간다. 자라나는 청소년의 삶은 다음 단계의 악몽을 마주하겠지만 이미 깊은 밤을 통과해 본 자에게 악몽은 이제 두렵지 않다. 수집해 온 악몽들이 응원군이 되어 줄 것이다. 임수현 시인은 한 사람의 성장은 수많은 악몽 속에서 진행된다고 말한다. 그러나 결국 악몽을 통해서 자기 자신의 심연을 이해하고 고뇌를 형상화하여 깨뜨리고 나아간다는 것을 이 시집 전체를 통해서 보여 준다. 악몽이 완전히 사라지는 세계는 없다. 임수현의 청소년 시가 귀하게 느껴지는 것은 그가 이 사실을 인정하고 이해하는 매우 서정적인 궤도를 우리에게 알려 주고 있기 때문이다. 그 궤도 안에서 청소년들은 조금은 덜 불안하게 '성장'이라는 두려운 발사대에 오를 수 있을 것이다.

시인의 말

어릴 때부터 꿈을 자주 꿨어요. 예민하고 생각이 많은 탓이었죠. 낮에 있었던 속상한 일이나 내가 뱉은 뾰족한 말이 잠으로 걸어와 꿈으로 다시 이어졌어요. 하늘을 날다가 뚝 떨어져 누군가에게 쫓기기도 하고, 엘리베이터를 탔는데 바닥으로 곤두박질치는 꿈 같은 악몽을 많이 꿨지요. 그러다 보니 현실과 꿈은 어느 정도 이어져 있는 게 아닐까 생각하게 되었어요.

악몽을 꾼 날은 꿈 일기를 썼는데, 그때 진짜 꿈은 사라지고 새로운 이야기가 시작되는 느낌이 들었죠. 악몽도 잘 적어 두면 언젠가 쓸모 있을 거라고 믿었어요. 귀신 따위는 없다고 씩씩한 척했지만 컴컴한 곳에서 뒤를 돌아보거나 귀신을 봤다는 지하철 검은 통로를 들여다보는 호기심 많은 청소년기를 보냈어요.

있지만 보이지 않는 존재들이 어딘가 있다는 걸 안 뒤부터 세상 구석구석이 자세히 보이더라고요. 유령이나 귀신, 요정 같은 존재는 눈에 띄고 싶지 않지만 눈에 띄고 싶은 나와 묘하게 닮은 구석이 있었어요. 악몽을 자주 꾼다는 건 죄책감이나 부끄러움의 농도가 진해서라고 생각해요. 꿈속에서 일어나는 일들을 쓰면서 악몽을 잘 모으면 꽤 괜찮은 사람이 된다는 걸 뒤늦게 알았어요.

다행인지 불행인지 나이가 들면서 꿈을 덜 꾸게 되어 잠자리에 들기 전에 오늘은 꼭 꿈을 꾸게 해 달라고 중얼거려 보기도 합니다. 오늘 밤 제 꿈속으로 놀러 오세요. 제가 꿈속에서 만난 수많은 귀신과 악몽 이야기를 들려드릴게요. 눈을 크게 뜨고 저를 따라오세요.

2022년 1월

임수현

창비청소년시선 39

악몽을 수집하는 아이

초판 1쇄 발행 • 2022년 1월 28일
초판 2쇄 발행 • 2024년 1월 29일

지은이 • 임수현
펴낸이 • 김종곤
편집 • 정미진 박문수
조판 • 이주니
펴낸곳 • (주)창비교육
등록 • 2014년 6월 20일 제2014-000183호
주소 • 04004 서울특별시 마포구 월드컵로12길 7
전화 • 1833-7247
팩스 • 영업 070-4838-4938 / 편집 02-6949-0953
홈페이지 • www.changbiedu.com
전자우편 • contents@changbi.com

ISBN 979-11-6570-095-9 44810

* 책값은 뒤표지에 표시되어 있습니다.